BLOOD BLADE

OMA SEI

1

Aus dem Englischen von Martin Gericke

BLOOD BLADE

Band 1

Kapitel 1: Bloodbound 003
Kapitel 2: Werwolf 045
Kapitel 3: Aufbruch 077
Kapitel 4: Hunger 117
Kapitel 5: Vaterland 159

Einst, vor langer Zeit, lebte ein mächtiger Herrscher, der dieses Land regierte.
Sein Name war Vlad III.
Selbst sein eigenes Volk fürchtete ihn aufgrund seiner schrecklichen Brutalität.

Graf Vlad galt als legendärer Ritter, der sein Land gegen die Großmächte dieser Welt verteidigte und sich als Vlad der Pfähler allerorten einen Namen machte.

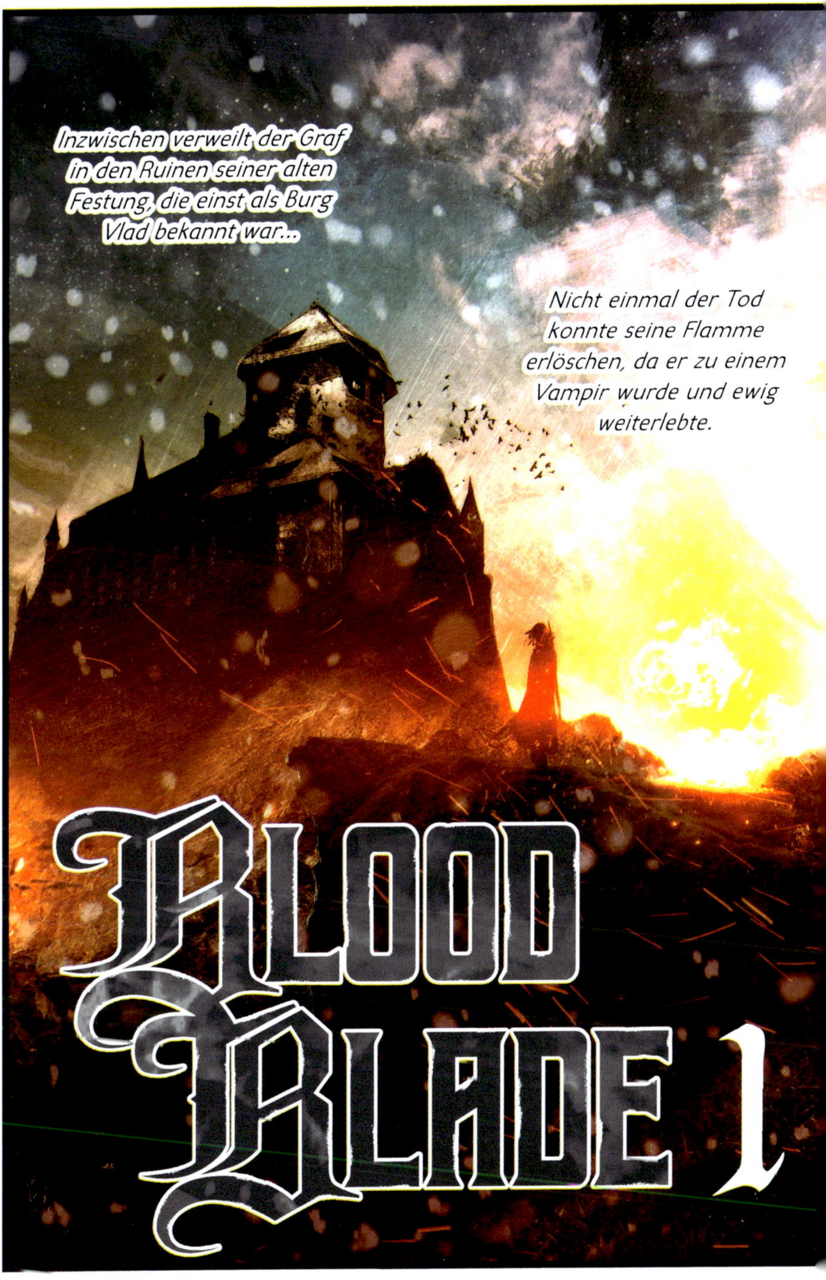
Inzwischen verweilt der Graf in den Ruinen seiner alten Festung, die einst als Burg Vlad bekannt war...
Nicht einmal der Tod konnte seine Flamme erlöschen, da er zu einem Vampir wurde und ewig weiterlebte.
BLOOD BLADE 1

Hört Ihr mir zu, Meister?
Kapitel 1
Bloodhound

Und so wurden wir zur Legende.
Es ist höchste Zeit, dass Ihr aufhört, Euch an den Ruhm vergangener Zeiten zu klammern.
Doch ich bezweifle, dass Ihr das von einer alten Vettel wie mir hören wollt...
...
Mir...
... ist aber langweilig.

Das Zeitalter des Krieges ist vorüber. Wir leben heute in einer Zeit des Friedens.
Meister.
Hach...
FLAP
Wir sind ja nun selbst schon seit 400 Jahren tot, nicht wahr?
Vergesst das bitte nicht.
?
HUFF
HUFF

HUFF
HUFF
HUFF
HUFF
HUFF
HUFF

?!
SHNK
FLAP
Meister?!
Still, Weib.
Du nervst!

Nimm's mir nicht übel.
Wenn du es jemandem ankreiden willst, gib diesem Doktor die Schuld... Und deiner eigenen Schwäche.
HIC
GA HA HA
ギャハハッ
WHOOOSH

WHAM
?!

FWUMP
Du...
Diese Ländereien gehören mir. Was fällt dir ein...?

Du
Bastard!

Wer zur Hölle bist du?
Willst du als Nächstes...
... sterben, oder was?
SHING

ROLL
PLOP
FLAP
WHSH
BZZT
BZZT

Das war keine normale Kleidung, die er trug.
Es muss eine Art Söldner oder Auftragsmörder gewesen sein.
Und was das Mädchen angeht... Kein Normalsterblicher...
... hätte diese Verletzung überlebt.
Meister.
...

Ich fürchte, dieses Mädchen wird Unglück bringen.
URK
Das verheißt nichts Gutes.
Oh... Unglück, ja...?
THMP
THMP
... wenn sie so ganz allein durchs Ödland streift.
Sie muss in widrigen Umständen gewesen sein...
Was wollt Ihr jetzt tun, Meister?

Bring sie zu uns!

GASP

Wo bin
ich...?
RATTLE

THOK
THOK

FWO
OM

BOOOM

Ich heiße Vladislaus Draculesti. Ich bin als Vampir, wie manche es ausdrücken mögen...
... wieder zum Leben erwacht.
...
Nur keine Angst... du kannst frei sprechen.
Wer bist du und was führt dich hierher?

...
BZZT
BZZT
Oder schweig und werde bei lebendigem Leibe verspeist.
Nicht so ungestüm, Nan...

Mein Großvater hat mich hergeschickt, um nach Vampiren zu suchen.
Ich heiße Clara.
Danke, dass Ihr mich gerettet habt.
TO THE NURSING OFFICER BEFORE ENTERING THE WARDS
CERBERUS PROJECT
Eine Forschung, die ein Affront gegen Gott selbst darstellt.
Ich stamme aus einem Land in Osteuropa. Und selbst jetzt, in diesem Augenblick, wo wir uns hier unterhalten, betreibt mein Land ein grausames Forschungsprojekt...
Sie erhoffen sich, Mischwesen zwischen Menschen und Monstern zu erschaffen...
... und ihr Vampire seid auch ein Zielobjekt dieser Forschungen.

Die Organisation, die dahintersteckt, nennt sich Cerberus.
Etliche Monster sind ihr bereits zum Opfer gefallen... Und das alles...
... nur um des Krieges willen.
Dieser Mann war einer von ihnen.
Ihr Ziel ist es, die hybriden Mischwesen für ihre eigenen Zwecke zu missbrauchen und die Weltherrschaft zu erlangen...

Auch vor euch werden sie nicht haltmachen!
Darum folgt mir! Bitte!
Kommt mit mir auf die Monsterinsel…

Sonst wird euch dasselbe Schicksal ereilen!

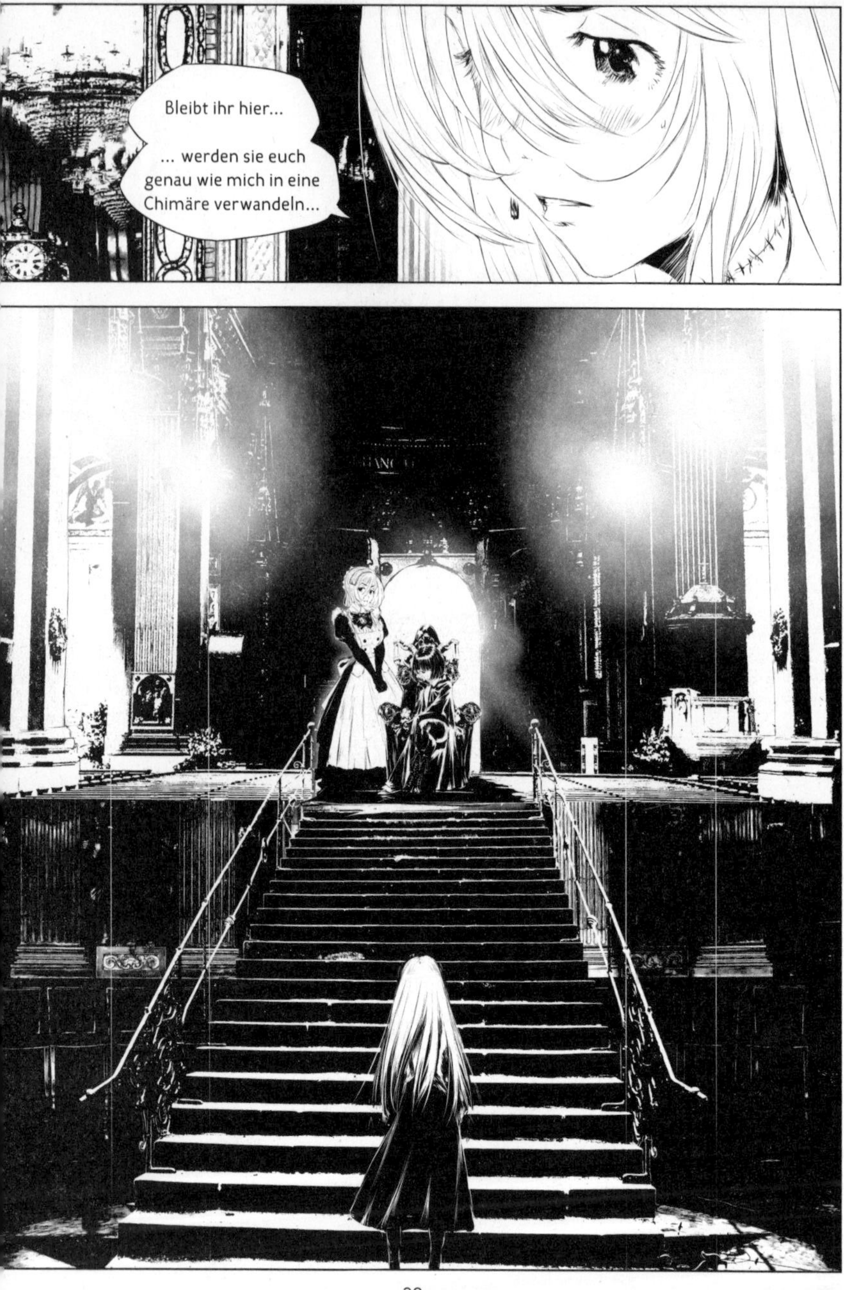
Bleibt ihr hier...
... werden sie euch genau wie mich in eine Chimäre verwandeln...

Und das soll ich dir glauben?
Klingt unglaubwürdig.
Hexen mögen meinetwegen Vielwesen erschaffen können, aber Menschen...?
Sollte ich sie nicht besser töten und fürs Nachtmahl zubereiten?
Sie ist kein Mensch. Verstimmen wir uns da nicht den Magen?
Lieber nicht...
Selbst, wenn es stimmt, was die Kleine erzählt... Wer könnte ernsthaft eine Bedrohung für uns darstellen?
WHAP

Wenn ihr einen Beweis wollt, dann bitte! Seht her!

Hm, interessant! Na schön, du hast meine Neugier geweckt!
KRAK

Krieg, sagst du?
Also ist es wieder soweit!
BAM
Ja?!
THOK THOK
...
SST
Blut lässt sich eben nur mit Blut auswaschen.
CHAK
Es ist wieder an der Zeit zu töten!

Wir zwei sind uns ähnlich.
Du bist auch ein Monster, stimmt's?
Ich mache nur Spaß.
Ich...
Also...
Ich bin ein Golem... Mein Großvater, Dr. Frankenstein, hat mich erschaffen...
Also ja...

Das Mädchen also auch, hm? Was für eine Überraschung...
Hätte ich das gewusst...
... ich hätte dich direkt in Stücke gehauen.
Nan!
THP

FWUP
TMP
Ich werde Euch beschützen.
GRAB

Warte, nicht so schnell! Das klingt zu gut, um wahr zu sein!
Willst du mir ernsthaft erzählen, dieser drittklassige Doktor hat einen nichtsnutzigen Golem erschaffen?!

Du Wüstling.
Ist das Leben eines Golems für dich etwa weniger wertvoll?
Hm?
Das Gör ist Unrat für mich... Nichts weiter als ein paar frisch zusammengeflickte Leichenteile.
Für mich ist sie wertlos. Vollkommen irrelevant.
Anders als Vampire. Eure Körper brauche ich.
HEH

Mich willst du? Den mächtigen Vladislaus? Du hast es wohl eilig, zu sterben, was?
Was für 'ne Laus?
Bist du ein Parasit, oder was?!
?!

Dieses
Mädchen...
HMPH
... ist Graf
Vlad?!

Das ist Graf Vlad?
Der sagenhafte Herrscher, der sein kleines Grenzland gegen unzählige Feinde verteidigte?
Der Tyrann, der aufgrund seiner erschreckenden Brutalität als **Vlad der Pfähler** bekannt war?
Doch wieso sieht Graf Vlad...

BLOOD BLADE
... aus wie ein junges Mädchen?
Kapitel 2
Werwolf

Zieh das über.
Ihr scheint mir doch noch nicht ganz in Vergessenheit geraten zu sein, Meister.
Ich kann's dir nicht verübeln, dass die Erscheinung des Meisters dich in Schrecken versetzt hat, aber…
CHAK
… bitte unterlass das Gegaffe.

Es ist meinem Meister durchaus nicht egal, musst du wissen.
Immerhin hat er sehr viel Mühe in die Erschaffung seiner menschlichen Form gesteckt, nachdem er wiedergeboren wurde.
Zu sehen, was aus ihm wurde, war selbst für mich nur schwer zu ertragen.
CHAK
Dass der Meister in solch einen Zustand versetzt wurde...
SST

Doch auch das war letzten Endes wohl unvermeidlich.
Graf Vlad von einst war schlichtweg zu mächtig.
Freund wie Feind sahen eine Bedrohung in ihm und so wurde aus der anfänglichen Stärke schon bald sein Niedergang.

Ein bitteres Schicksal ereilte ihn.
Gerüchte kamen auf, Vlad hätte die Felder niedergebrannt...
... würde sein Volk aushungern lassen, Frauen und junge Mädchen ermorden und sich des Nachts an ihrem Fleisch laben.
Am Ende...
... wurde er verraten und hingerichtet.

Was ich danach vor Augen hatte...
... war das Ergebnis all der angestauten Furcht und des grenzenlosen Hasses.
Der Meister wurde als eine Art unsterblicher Fleischhaufen wiedergeboren.

Stell dir nur vor, wie groß die Schmach gewesen sein muss.
Ich konnte nur mehr lauschen, wie mein Meister inmitten des Verwesungs- gestanks bitterlich weinte.

KOFF
?!
SPLURT
Doch selbst da gab er den Menschen und seinem Volk keine Schuld.

So liegt es in
der Natur des
Meisters.

Clara, richtig?
Erzähl mir von deinem Großvater.
Wie ist er so?
Der Doktor...

... war mein ein und alles.
Ich war eine Waise. Er war es, der mich in seine Obhut nahm und mir eine zweite Chance auf Leben gab, nachdem ich an Hunger starb.
Und er...
... brachte es sogar über sich, eine wie mich als Teil der Familie anzusehen.

Dafür möchte ich mich bei ihm erkenntlich zeigen.
Ich will den Wunsch des Doktors...
... weitertragen, indem ich Monster am Rande der Aus-löschung finde...
... und sie...
Dr Frankenstein
... zur Monsterinsel führe... Einen Ort ganz ohne Menschen und Krieg, an dem sie in Frieden leben können.

Unsinn.
Nichts als willfähriges Gefasel.
Wer stirbt, hat verloren.
Einmal unter der Erde, bedeuten all die großartigen Ideale dieser Welt rein gar nichts mehr.
Also beschönige es nicht.
HEH

ゴォォォ
ROOOAR
Träume und Hoffnungen machen dir den Bauch nicht voll.
Keinen Taler wert.
Würde?
Stolz?
In dieser Welt überleben nur die Stärksten.
Und das nenne ich wahre Gerechtigkeit.

Moment mal...
Wo liegen diese Erinne-rungen...
...
Sag nicht, er ist...
?!

Am besten zeigst du mir jetzt erst mal, wie du wirklich aussiehst!
BAM

Aagh!
THWACK

Ein so schneller Konter, dass er mich fast in zwei Stücke gehauen hätte...
Du machst Scherze...
CHAK

HSSSSS

HEH
Was?!
Ist das der Arm eines...

... Werwolfs?

?!
Ach du liebe Zeit! Er hat ein Werwolf-Arm-Transplantat!
…
BLEEEGH
Weshalb gleich so aufgeregt?
Bei haarigen Männern wird mir übel!
Urgh!
THMP
THMP
Was für ein halbgarer Werwolf soll das denn bitte sein?!

Töten...
Ich werde euch töten!
Zerstückeln werde ich euch!
In diesem Zustand?
Hervorragend!

Nun habe ich Gewissheit.
チャッ
CHAK
Er ist fest mit diesem Ort verankert.
Wie eine Vogelscheuche im Kornfeld.

Das menschliche Herz kann nur eine begrenzte Menge an Blut pumpen.
Würde ein Normal-sterblicher auch nur ein einziges Mal versuchen, diesen Werwolf-Arm zu schwingen, er würde auf der Stelle sterben.
Wie gelingt es ihm dann...?

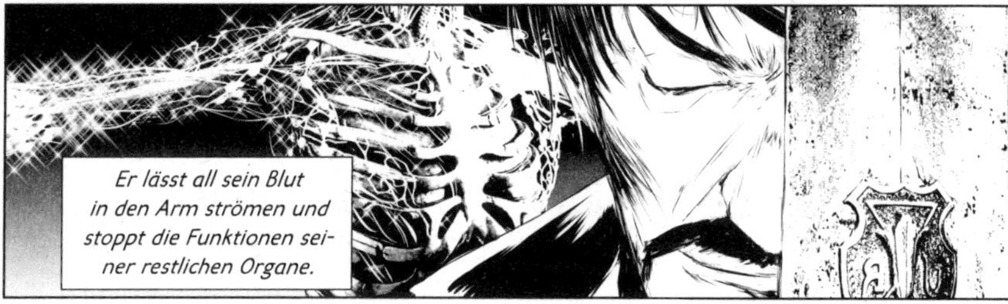
Er lässt all sein Blut in den Arm strömen und stoppt die Funktionen seiner restlichen Organe.

Das bedeutet, ein Gegenangriff...
... ist ihm nur von der Position aus möglich, an der er steht.

In jedem Fall haben wir ihn verärgert.
HEH.
Wir können nur hoffen, dass er uns etwas aus den Augen verloren hat...
SST
Ob uns der Überraschungsangriff gelingen wird?
GRK

CHAK
チャッ
Seit 400 Jahren war ich nicht mehr so aufgeregt vor einem Kampf…

Mach dich auf was gefasst, du billige Kopie eines Werwolfs!
Vlad der Pfähler wird dir jetzt die wahre Essenz der Schwertkunst demonstrieren!
FWOOM

FWOOM
CHAK
Eine Stoßhaltung, hm?
Ist dir also endlich klar geworden, dass es mit einem einfachen Schwertstreich nicht getan ist
Resolut... Mit eiserner Entschlossenheit. Als wärst du einer dieser Samurai aus dem alten Japan.
Doch...

Wirklich amüsant.
FLASH
...
HUFF HUFF

Den Nervenkitzel auf dem Schlachtfeld werde ich nie vergessen...
Das ist es...
... wofür ich lebte.

Und nun...
GRRRK
... duellieren wir uns!
BLOOD BLADE

FWOOSH
Kapitel 3
Aufbruch

Du Narr!
Was willst du tun, wenn **ich** meinerseits mit einem Schwert-hieb kontere?!

Ich hab die
längere Klinge von
uns beiden!
Damit bist
du erledigt!

ス FWIP ポッ
Hupp!
THUNK
ザ ZSSH ァッ

DRIP
DRIP
CLANG
Verzeih!
Mir ist doch glatt mein Händchen ausgerutscht!
He-he!

Nur wer nicht mit fairen Karten spielt...
... wirft sein Schwert auf seinen Gegner.

Mit der Tugendhaftigkeit ist's nicht weit her, was?
KOFF
Feigling...
Wie?
Hör ich da etwa **wankelmütiges** Gewäsch?
Was nutzt dir die Tugend in einem Kampf um Leben und Tod?

Pscht...
Du nutzloser Abschaum.
URK
GRK
Genug. Tritt beiseite.
Meister?!
SST

Das Ding ist noch nicht tot!
BZZT
BZZT
ROOOAR

Wie willst du ohne Schwert kämpfen?
Lächerlich...
Kein Wunder, dass du nicht verreckt bist, nachdem ich dich geköpft habe...
... Werwolf.
Verstehe. Also war es der Arm, der den Rest deines Körpers kontrolliert hat.
Schlag dich auf unsere Seite.
Und ich verschon dich mit dem Leben.
Wieso würde ein Monster auf der Seite der Menschen kämpfen?
Verrat es mir.

Nun?
Im Krieg sollte man sich stets auf die Seite der Sieger schlagen.
Findest du nicht auch...
... Graf Vlad?
ROOOAR
Mach dich nicht lächerlich, Schafskopf!
FWOOM
Ich bin ohnehin mehr der Katzentyp.
Hm?!
Ähm...
Gibt es hier Silber?
Silber?

Im großen Saalbau gibt es ein silbernes Tafelgeschirr, aber…
DASH
PLIP
Tja, äußerst schade.
Aber ich werde dir wenigstens…
… einen schnellen Tod bescheren.
PLIP

Ein Schwertstreich durch Nacken und Hals, und du...

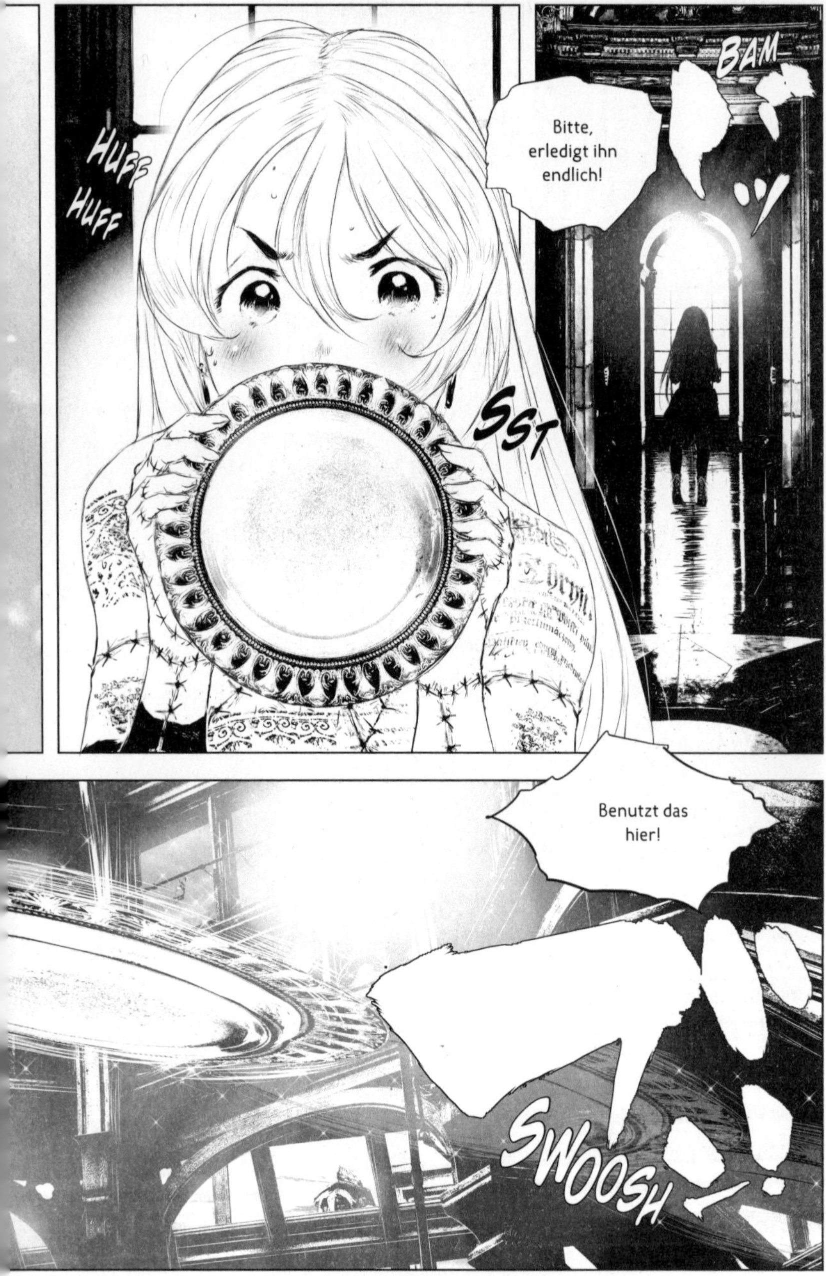
BAM
Bitte, erledigt ihn endlich!
HUFF HUFF
SST
Benutzt das hier!
SWOOSH

?
SWOOSH

THWAP
FLASH
Mit Silber
kann man ihm
zusetzen!
FWOOM

BAM
Dieser Teller sollte noch jeden Werwolf töten können!
Was...?

FWOOSH
Nein, warte!

Es tut mir leid!
Lass uns über die ganze Sache noch mal reden!
BOOOM

ROOAR
Hm?
Werwölfe und Silber erzeugen eine chemische Reaktion…
KOFF KOFF

Was gibt's da zu lachen?
Du siehst keinen Deut besser aus!
...
Es scheint, ein neues Heer rückt an.
Meister.
...

Clara...
Dein Weg zu mir... Wie sah der aus?
Ich habe dieses Land noch kein einziges Mal verlassen...
Um ehrlich zu sein, beneide ich dich.

Graf Vlad...
... die Welt dort draußen ist ein gewaltiger, wunder-schöner Ort.
Würdest du mir einen Gefallen tun, Nan?

SHKK
SHKK
SHKK
He!
Was ist das...?

ギャオオ
GRAAAR
An die Waffen!

SWOOP
Nan!
Röste
sie!
ROOOAR

BOOM
Du magst es mir nicht ansehen... Aber ich war einst Herrscher über dieses Land.
Wenn ich hierbleibe, wird das Land erneut vom Krieg verschlungen.
Ich denke, es ist an der Zeit, aufzubrechen...
Dies soll mein letzter Tribut an mein Volk werden.

Ähm...
Sind das die einzigen Kleider, die Ihr besitzt?
Sie gehörten einer Kreuzritterin, die vor langer Zeit im Kampf gefallen ist.
Begnüg dich damit.
Meister.
Seht nur, was Ihr getan habt.
...

Du bist bald wieder die Alte.
Ich habe so viel Magie verwendet, dass ich mich von einer alten Frau in ein junges Ding verwandelt habe!
Das habt Ihr zu verantworten! Weil Ihr mich genötigt habt, mich in einen Drachen zu verwandeln!
…
Ich schlage vor, dass wir langsam aufbrechen.

Und so verließen sie ihre Heimstatt auf der Suche nach der Monsterinsel, einem fernen Ort, an dem nur Ungeheuer und Monster hausen.
Werden sie ihre Reise durch die Länder dieser Welt unbeschadet überstehen?

Die Zukunft
wird es zeigen...
♪

Ausge-
löscht?
BOOOM

Selbst der Lykanthrop?
Wir haben außerdem erfahren, dass der Vampir, der dort lebte, ehemals als Vlad bekannt war...
Dieser nutzlose Hundskopf.
Ja, Herr General.
Vlad?

Ja.
Sie kennen ihn, Sir?
Ich habe ihn...
... vor 400 Jahren erschlagen.

BOOM
Sende Vater und Tochter.
Wenn wir uns Vlad nicht entledigen, könnte er sich eine Armee aus Monstern erschaffen.

Der Mann ist ein geborener Anführer..
?
Kapitel 4
Hunger

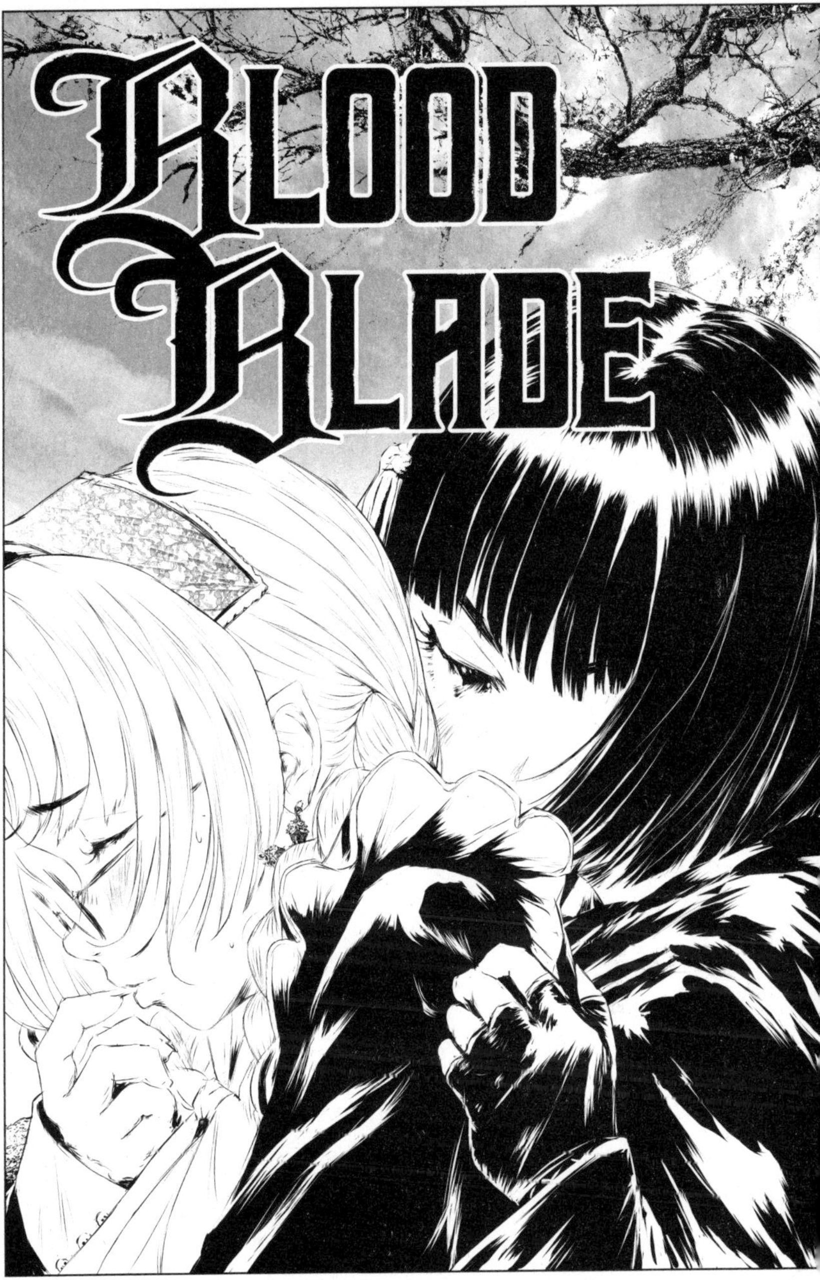
BLOOD BLADE

Graf Vlad!
BLUSH
Es tut mir so leid!
Ich...
... ich wusste ja nicht, dass Ihr gerade beim Mahl seid...
Keine Sorge.
Publikum stört mich nicht.

Jetzt bin ich sogar **noch** erschöpfter...
Ähm... Was genau...
Meister trinkt nur von meinem Blut.
Um niemanden sonst zu verletzen?
Nein. Er ist nur sehr wählerisch, was das angeht.
Andererseits habe ich ihn als Baby auch gestillt.
Ich bevorzuge Blut...
Ich befürchte, mein Körper wird das nicht mehr lange mitmachen.

Vampire können durchaus auch menschliche Nahrung zu sich nehmen. Wichtig dabei ist nur, darauf zu achten, dass sie sich keine Knoblauchvergiftung zuziehen.
SIGH
Aber ich vermute, das ist längst ein alter Hut...
CLINK
Nan...
...

Selbst in seinem vorherigen Leben war der Meister bereits äußerst wählerisch, wenn es ums Essen ging.
Ich bin kein Karnickel. Ich esse keine Karotten.
Also betrifft das nicht nur den Knoblauch...
Wieso darf ich nicht essen, worauf ich Lust hab?
Na ja! Wie dem auch sei...
... was hat es denn jetzt mit dieser Insel auf sich, zu der wir wollen?
?

Die Monsterinsel.
Der Doktor hat sein ganzes Leben damit verbracht, sie zu erschaffen... Ihr müsst sie euch...
... wie ein Paradies für Monster vorstellen, ein sicherer Zufluchtsort für Ungeheuer, so abgelegen, dass kein Mensch ihn je zu Gesicht bekommen hat.
?!
?
DASH

Vielleicht bekommen wir dort unten etwas zu essen!

ROOAR

Mir scheint, ihren Hang zum Krieg haben die Menschen immer noch nicht abgelegt.
HEH
Ja... Das war's dann auch mit unserm Mittag-essen...
...
Hey!

Ja, du, Kleine.
Mit eigener Dienerschaft unterwegs, hm? Musst ja ziemlich gut gestellt sein.
Gehörst du zum Adel?
Was willst du hier?
Hat dir niemand beigebracht, dass man sich zuerst vorstellt, Kleine?

THP
FWIP
Ich heiße
Grace.

Vlad.

Ich bin Clara.
Nan genügt...

Du hast schon gut was hinter dir, hm?
SST
Wenn ihr hungrig seid, kommt mit.
Ich zeige euch...
... wo ihr hier etwas Gutes zwischen die Kiemen bekommt.

Ah, ja?
Besten Dank.
...

Graf...
...

Nan lässt sich zwar partout nichts anmerken, aber ihr Körper ist längst am Ende seiner Kräfte.
Sie ist meine halbmenschliche Leibeigene... Und der menschliche Teil ihres Körpers braucht nun mal Nahrung.
Sie ist meine einzige Nahrungsquelle.
Ich kann nicht zulassen, dass sie stirbt.
Und ich will auf keinen Fall, dass sie hungrig bleibt.
Sie gehört quasi zur Familie...
Dort.

Hallo! Wir hätten gern etwas zu essen!
Kommt rein!

Willkommen in unserer Gaststätte!

Ich bin Graces Vater.
Wir freuen uns, drei hungrige Reisende satt machen zu dürfen.
Wieso tragt ihr eigentlich beide diese zerfledderten Verbände im Gesicht?

Die Großmächte haben beim Einmarsch Dynamit und Sprengstoff verwendet.
Vater und ich überlebten, aber die Verbrennungen waren so heftig, dass wir noch heute mit Verbänden herumlaufen.
Sagt gern Bescheid, wenn ihr bestellen möchtet.
...

...
GLOOP GLOOP
SZZZ
THMP THMP

Wenn du Hunger hast, mach ich dir auch was.
Stimmt was nicht?
Nein.
Ich bewundere nur deine Kochkünste.
Hast du unsere Geheimzutat parat?

Pff...
Was für ein lausiges Theater.
Oder, Nan?
Clara.
Was hältst du von den beiden?
...

Ich weiß es nicht...
Aber ich könnte mir gut vorstellen, dass sie tatsächlich schlimme Verbrennungen im Krieg erlitten haben.
Ich sollte es wissen...
Hm.
Du hast ein gutes Herz.

Ah, was ich dich noch fragen wollte... Was ist Dynamit?
Oh...!
Eine unglaublich verheerende Waffe, die vor Kurzem erst entwickelt wurde.
URK
?
Die Kriegskunst hat sich seit Euren Zeiten gewaltig verändert, mein Graf.
Die Menschen haben zerstörerische Waffen entwickelt, Dinge wie Maschinengewehre und Granatwerfer, die Tausende von Menschenleben fordern...

Die Menschheit ist doch wirklich ein blutrünstiger Haufen, was?
Da muss man sich fast fragen, wer hier eigentlich der Blutsauger ist.
Menu
HMPH
Vergessen wir das fürs Erste.
Wenn Euch etwas an mir liegt, Meister, so bitte ich darum, dass Ihr auch etwas zu Euch nehmt.
Menu
Es liegt Euch doch etwas an mir, nicht wahr?
...
Überhaupt ist das alles nur auf Eure schlechten Essgewohnheiten zurückzuführen.
Esst bitte ordentlich auf. Auch das Gemüse!
Menu

Verzeiht, dass ihr warten musstet.
Heute haben wir ...
... Austern aus dem Mittelmeer...
... nordafrikanisches Shakshuka...

... und französische Pilz-Duxelles.

Ich bin ein Golem, lasst mich die Speisen zuerst auf Gift prüfen.
Mir kann so etwas nichts anhaben.
Ein eiserner Magen, hm?
NOM
GRK
Was grinst sie denn jetzt so?

TWITCH
TWITCH
Urgh!

BOOM
Sich tot zu stellen ist zwecklos.
NOM
Also mir schmeckt's gut…
Richtig lecker eigentlich.
Die Fleischpasteten sind auch sehr köstlich!

Denk gar nicht erst drüber nach...
MUNCH
MUNCH
Sonst ist es sofort vorbei...
MUNCH
MUNCH
MUNCH
Töte mich einfach...

Hier haben wir noch ein ausgefallenes Möhren-Dessert.
Die Nüsse verleihen diesem Gericht eine erlesene Ausgewogenheit… Lasst es euch bitte schmecken.
Möhren…
Möhren…
Möhren…
SST

Alles, nur keine Möhren...!
URK URK
Seid nicht so mürrisch, Meister.
Esst bitte auch ein paar Möhren.
Nehmt es...
... bitte nicht persönlich...
SST
JOLT

Die Knusper-
ecken auf dem
Kuchen...!
?!
WHSH
Das ist
Knoblauch!
KOFF

Mädchen!
BOOM

Hey...
Wonach riecht es hier?
Das riecht wie...
... Schieß-pulver!
Fzzz

ドォンッ!
BOOOM

So ein Knall hinterlässt nicht mal Leichen...
Stimmt.
Selbst Vampire sind nicht völlig unverwundbar...
... Opa.

Wonach riecht das hier?
Schießpulver!
BOOOM

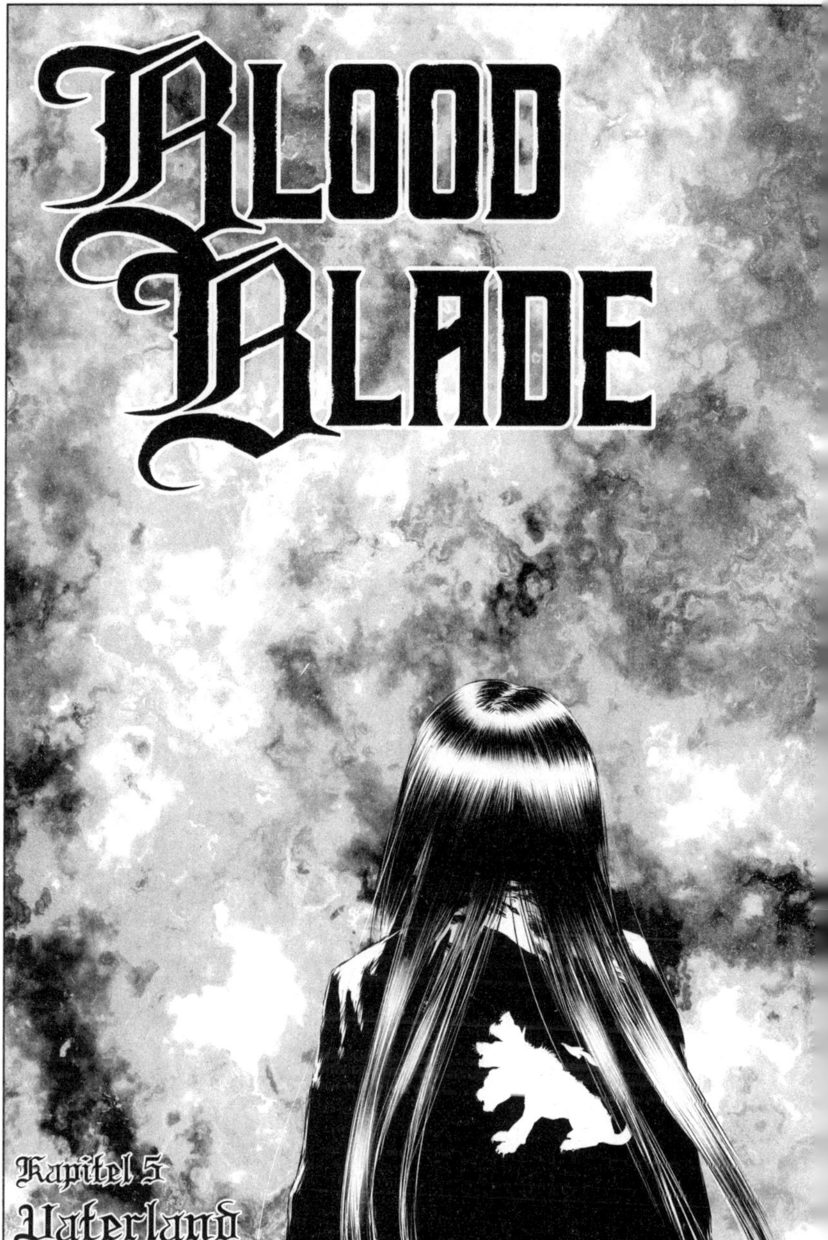
BLOOD BLADE
Kapitel 5
Vaterland

BWOOM
Damit endet auch unser Vertrag mit Cerberus.
Stimmt's, Opa?
Ja, Prinzessin.
Ich werde nie vergessen, was sie uns angetan haben...
Sie plünderten unser Vaterland, legten uns in Ketten und verwandelten jeden einzelnen Tag in eine Hölle auf Erden.

Wer hätte gedacht, dass ausgerechnet wir uns einmal mit Cerberus zusammentun würden? Dass wir zu Söldnern des Imperiums werden würden...
Doch alles, was wir getan haben, haben wir aus dem einzigen Grund getan, eines Tages den Justiziar des Imperiums zur Strecke zu bringen... Den Mann, der unsere Heimat in Brand gesteckt hat.
Auch wenn das heute nur noch eine blasse Erinnerung ist...
ゴオオ
ROOOAR

ボッ
FWOOM
Clara...

Hey...
Clara...

Wach
auf...
Bist du
okay?

Mach dir um Nan keine Sorgen... Es geht ihr gut.
Ich gewähre euch Schutz im Inneren meines Körpers.
Wo...
Aber das ist das Haus...
... in dem ich zur Welt kam.

BZZZZ
CREAK
Ich lasse dich träumen, Clara.
Ich möchte nicht, dass du mich so siehst.
...
?

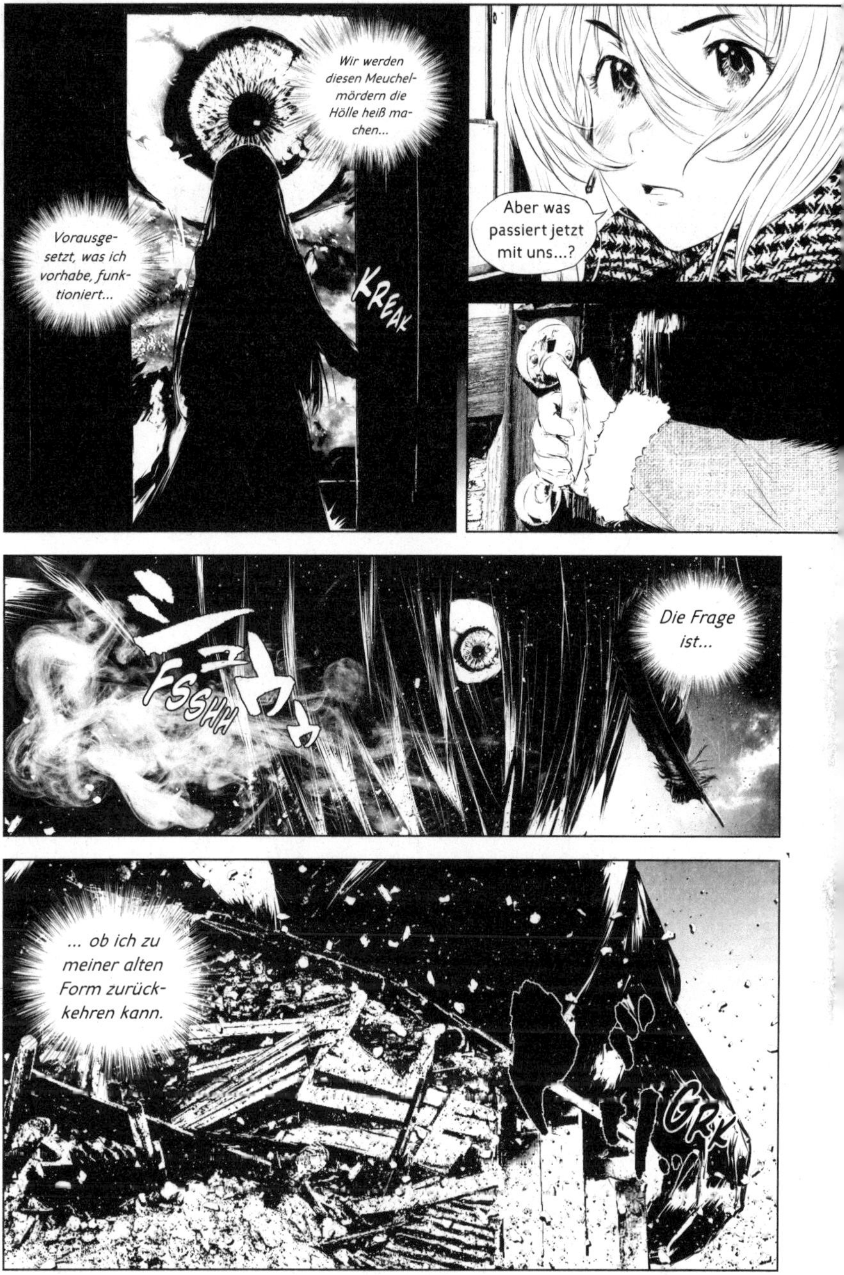
Aber was passiert jetzt mit uns...?
Wir werden diesen Meuchelmördern die Hölle heiß machen...
Vorausgesetzt, was ich vorhabe, funktioniert...
KREAK
Die Frage ist...
FSSHH
... ob ich zu meiner alten Form zurückkehren kann.
GRK

DUNNN
BAM

BAM

Wir kommen in die Hölle.
KRAKL
Edles Anliegen hin oder her...
Wie viele Leichen pflastern unsern Weg schon, hm?

Wenn all das nötig ist, um unser Heimatland wieder aufleben zu lassen und Rache an unseren Feinden zu üben, dann soll es so sein.
Rache? Als wenn Rache jetzt noch von Bedeutung wäre...
Alles, was ich mir wünsche, ist von hier zu verschwinden... Irgendwohin, wo es keinen Krieg mehr gibt...
Einen Ort, an dem wir neu Wurzeln schlagen und in Frieden leben können.
Prinzessin...
Und das genügt dir?
SST

Wie bitte? Du sagst, du hast Graf Vlad getötet?
Und das soll ich dir glauben?
Wenn man's genau nehmen will, war es...
... der Graf als wiederauferstan-dener Vampir.
Ja.
Casillas se consolará en Europa
Froh bin ich trotz-dem.
Jetzt könnt ihr alle beruhigt sein und...
Ich hätte jedoch nicht erwartet, dass es so einfach sein würde.

Soll das ein Scherz sein?
Wir sind nur ein kleines Land, umgeben von Großmächten...
Er beschützte uns... und unsere Heimat.
Der Graf war unser Schutzengel.
... und ihr besitzt die Frechheit, uns zu sagen, wir dürfen beruhigt sein?! Dreckige Söldner!

Dreckige Söldner?
Weib! Du sprichst hier zu einer Prinzessin aus einem alten Adelsgeschlecht!

Einer Dame, die sogar einem schändlichen Ungeheuer wie mir Güte zuteilwerden ließ…
Wie kannst du es also wagen…
SST
Verzeiht. Ich war etwas zu unbesonnen.

Wie dem auch sei... Habt ihr schon von dem Monster letzte Nacht gehört?
Der riesige Schatten, der da durch die Luft flog? Hab ich gehört.
Die Leutchen sagen, das sei der Geist des Grafen Vlad.
Jaja, so leicht ist der nicht kleinzukriegen.
Das kann unmöglich wahr sein...

Die Heilkräfte eines Vampirs mögen noch so gut sein, diese heftige Explosion...
... hätte sie alle in tausend Stücke sprengen müssen.
Das können sie **unmöglich** überlebt haben...

Sag, aus welcher Richtung kam dieser Schatten angeflogen?
Wie?
Ah, der Schatten... Aus Norden.
Norden?
Also vom Schloss des Grafen Vlad...
THUNK
CREAK

Danke für
die Info.

Guten
Morgen,
Clara.
Graf Vlad!

So was... Ihr schon wieder?
Ich bin schockiert.
Nicht einen Kratzer. Du musst wirklich ein Monster sein.
Fangen wir doch damit an, dass ihr mir die ganze Wahrheit erzählt.
Je nachdem, was ich zu hören bekomme, beschere ich euch gerne einen raschen Tod. Ihr müsst wissen...
... ich kann äußerst gnädig sein.

Ich habe da diesen Traum...

Ich würde gern mit Opa irgendwo neuan-fangen.
Nachdem das Großreich mir meine Heimat genommen und mich zur Sklavin gemacht hat, war er es...
... der mich gerettet hat.

... und ob nun Monster oder nicht, er ist die einzige Familie, die mir noch bleibt.
Er hat sein Leben riskiert, um mich zu beschützen...
Ich gab uns ein Versprechen.
Eines Tages würden wir einen Ort finden...
... an dem wir in Frieden leben können.
Das ist mein Traum.

Und der einzige Weg, um diesen Traum in Erfüllung gehen zu lassen und mich von Cerberus zu befreien, besteht darin...
... dich zu töten.
KA-CHK

…rtsetzung folgt…

BLOOD BLADE

Vorgeschichte zu
Blood Blade
Meister.
Wollt Ihr nicht eine Weile ausruhen? Ich bringe Euch etwas zu essen.
Hm.
Danke, Nan.
...

Hehe.
Was für ein grausiger Anblick.
Du siehst schon wieder so finster drein.
Meint Ihr wirklich, derart kindische Kapriolen funktionieren?
Da sind hoffentlich keine Möhren drin.
Nein, keine Möhren…
Ein Großteil ihrer Soldaten sind Bauern, die noch nie ein Schwert in der Hand hielten…
Sobald sie auch nur einen Tropfen Blut sehen, verlieren sie sofort ihren Kampfeswillen und ergreifen die Flucht…
Mir tut's nur um die Leichen leid, aber na ja…
Sollen sie.
MMPH
Die Leute nennen Euch neuerdings den Pfähler, wie mir scheint.

Wenn es dazu beiträgt, die Sicherheit meines Volks zu gewähren, ist das nur ein geringfügiges Opfer für mich.
Wenn wir den Vormarsch der Großmächte stoppen wollen, müssen wir klug und mit Bedacht vorgehen.

Nan...
... was ist das für ein zäh zu kauendes Zeug hier drin?
Knoblauch. Das ist gut für Eure Gesundheit.

ENDE

BLOOD BLADE

ist eine japanische Serie, die originalgetreu von »hinten« nach »vorne« und von rechts nach links gelesen wird! Schlagt das Buch also »hinten« auf und blättert Seite für Seite nach »vorne« weiter! Auch die Bilder und Sprechblasen werden von rechts oben nach links unten gelesen! Wir wünschen gute Unterhaltung!

HAYABUSA
2025 Carlsen Verlag GmbH · Völckersstraße 14-20 · 22765 Hamburg
Aus dem Englischen von Martin Gericke
BLOOD BLADE vol.1

First published in the United States in 2024 by Kodansha USA Publishing, LLC, New York.
Published by arrangement with Kodansha USA Publishing, LLC.
Covergestaltung: Peter Mrozek
Redaktion: Germann Bergmann
Produktionsmanagement: Maria Niemann

ISBN: 978-3-551-62486-4